그리운 사람이 생각날

할머니가 잃어버린
강아지 딸

최지윤 홍경애 지음

宋

섬마을의 봄날이에요.

햇볕이 쏟아져 막 따뜻해진 마당에는 살금살금 아지랑이가 올라오고 있어요. 마당 한 구석엔 하얀 강아지 두 마리가 뛰어놀고 있어요. 두 녀석은 서로 핥아주고, 냄새를 맡다가 꼬리도 흔들어요. 가끔씩 방긋 웃네요. 너무 귀여워서 어지러워요. 혹시, 여기가 천국인가요?

그런데, 두 녀석이 갑자기 혀를 길게 내밀고 빙긋 웃으며 할딱거려요. 꼬리는 프로펠러처럼 빙글빙글 돌아가네요. 반가운 사람 냄새라도 맡은 모양이에요. 두 녀석은 통통하고 짧은 다리로 쏜살같이 대문으로 뛰어갔어요!

"민숙아! 민정아!"

역시, 그런 거였군요. 할머니가 돌아왔어요!

강아지 두 마리는 좋아서 깡총깡총 뛰고, 할머니 손 냄새를 맡고, 안아 달라고 매달렸어요. 할머니는 웃음 지으면서 강아지 두 마리를 안아 올렸어요. 강아지들은 할머니가 안아주자마자 맹렬하게 할머니 얼굴과 입에 뽀뽀를 해요.

"에구, 착한 내 새끼들, 민정아! 민숙아!"

민정이와 민숙이는 할머니네 강아지 이름이에요. 너무 사람 이름 같다고요? 맞아요. 여기엔 다 그럴만한 사연이 있어요. 민숙이와 민정이는 할머니의 딸들 이름이에요.

민숙이는 큰딸이에요. 좀처럼 할머니를 보러 오지 않아요. 결혼한 이후로 한 번도 오지 않았으니, 근 8년이 다 되어가네요. 할머니는 강아지 민숙이 머리를 쓰다듬다가 큰딸 민숙이를 생각했어요.

"너, 민숙이 언니 아니? 한 번도 못 봤지? 그래도 언니가 한 번은 보고 싶지?"

한 번도 못 본 사람을 강아지가 보고 싶어할 리가 있나요. 할머니는 큰딸 민숙이가 보고 싶으면 공연히 강아지들에게 '민숙이 언니 보고 싶지?'라고 묻곤 했어요.

민숙이 언니는 할머니를 보러 오지도 않고, 자기가 사는 집을 할머니에게 알려주지도 않아요. 전화도 하지 않아요. 할머니는 하릴없이 강아지 머리만 쓰다듬어요.

아주 옛날에, 민숙이 언니는 아주아주 똑똑해서, 할머니의 사랑을 듬뿍 받고 자란 자랑스러운 딸이었어요. 학교에 들어가서는 섬마을에서 1등만 하더니, 도에서 1등을 하고, 서울에 있는 명문대에 들어가고, 좋은 직장에 들어간 똑똑한 언니예요. 할머니는 민숙이 언니만 생각해도 마음이 뿌듯했어요. 할머니 친구 박 씨 할머니도 절대 말로 지는 성격은 아니지만, 자식 이야기만 나오면 이 할머니를 부러워 했지요.

민숙이 언니가 시집갈 나이가 되자, 할머니는 딸의 남편감을 고르고 또 골랐어요. 쉽지는 않았어요. 할머니 마음에 들면 딸이 마음에 안 든다고 했거든요.

"진짜 괜찮은 사람이야. 집안도 좋고, 학벌도 좋아."

"난 별로야."

"아니, 좀 더 만나 보라니까?"

"나 바빠. 끊을게."

딸과 엄마의 엇박자 속에서 몇 해가 지나가 버렸어요.

"아이고, 우리 딸 혼기가 지나버렸네. 괜찮아. 그래도 요즘 잘난 여자들은 늦게 결혼한다더라."

마을 친구들이 손주 보는 것을 지켜보며, 할머니는 마음에 쏙 드는 사윗감이 언제 나타날까 이제나저제나 기다렸어요. 할머니는 딸들이 영 결혼할 생각이 없어 보여서 걱정이 이만저만 이 아니었어요.

할머니의 걱정이 무안스럽게, 민숙이 언니는 어느날 갑자기 사윗감을 데리고 섬에 왔어요.

"엄마! 나 이 사람하고 결혼할 거야."

통보하듯 말하는 큰딸도 큰딸이었지만, 사윗감은 더욱 못마땅했어요. 할머니가 보기에 그 남자는 민숙이의 남편감으로 부족해 보이기만 했어요. 할머니는 매일같이 민숙이 언니를 괴롭히고, 야단쳤어요.

"엄마 말 들어서 손해날 것이 없다. 너무 빠지는 남자와는 결혼하는 거 아니야. 좀 더 좋은 집안에, 더 많이 배운 남자와 결혼을 하거라!"

"엄마! 그 사람은 나를 잘 이해하고, 존중해주는 사람이야. 내가 자란 이 작은 섬마을에서도, 내가 다녔던 학교에서도 그렇게 나를 잘 이해하고 편들어주는 사람은 없었어. 난 항상 경쟁만 했지. 사람들은 나에게 더 잘하기를 요구하고, 아니면

선물이라도 갖다주기를 요구했어. 언제나 그런식이었어. 하지만 그 사람은 달라. 난 그 사람하고 평생 살고 싶어. 너무 편하고 좋으니까!"

"그게 다, 네가 좋은 직장에 다녀서 돈을 잘 버니까 그러는 거야. 다 바라는 게 있어서 잘해주는 거야! 결혼하면 사람은 바닥이 드러난다. 게다가, 집안이 그게 뭐니. 그런 남자와 결혼하면 반드시 후회한다. 엄마 말 못 믿니?"

"엄마, 나 이제 어린 딸 아니야. 결혼할 나이도 지났어. 그런 내가 사람 됨됨이 하나 못 알아보겠어?"

"엄마 말 들으라니까! 서울 가서 살더니 어쩌면 그렇게 고집만 늘어가지고!"

그래도 민숙 언니는 할머니가 반대하던 남자와 결혼을 했고, 결국, 할머니와는 연락을 하지 않게 되었어요. 할머니도 마음이 상해서 큰딸에게 연락하지 않았어요.

그렇게 민숙이 언니와 연락이 끊어지고, 둘째 딸 민정이 언니는 서울에서 직장에 다니던 때였지요. 혼자 살던 할머니에게 손님이 찾아 왔어요.

"예쁜 이 씨 할멈 있어?"

옆 마을 박 씨 할머니였어요. 할머니와는 어릴적부터 가장 친한 친구였어요.

"왜 왔어?"

할머니는 기분이 좋지 않아 퉁명스럽게 대답했어요.

"여기, 안아봐라."

박 씨 할머니는 아주 작은 강아지 한 마리를 품에서 꺼내서 할머니에게 안겨주었어요.

작고, 귀여운 점박이 강아지였지요.

"이제 겨우 석 달이 되려고 해. 잘 돌봐줘야해. 내 검사하러 올테니까!"

할머니는 얼떨결에 강아지를 안았어요. 이런 걸 두고 가면

어떡하냐고 윽박지르고 싶었지만, 너
무 작고 소중해서 품에서 내려놓을 수
가 없었어요. 가느다랗고 약해서 세게
안을 수도 없었어요.

작은 소리로 낑낑거리는 강아지는
따뜻하고 보들보들하고 귀여웠어요.

할머니는 강아지를 안고 한참을 그대로 있었어요.

얼마 후, 강아지는 할머니 바라기가 되었어요. 할머니가
어딜가건 졸졸 따라다니고 꼬리도 흔들었어요. 할머니가 방
안으로 들어가려면 치맛자락을 물고 놓지 않았어요. 아침에
빨리 나오라고 할머니 방문 앞에서 왕왕 짖기도 했어요. 할머
니가 늦게 나오면 문 앞에서 울기도 했지요.

이런 강아지를 보며 할머니는 또 속이 상했어요. 절대로
엄마를 보러오지 않는 딸을 생각해서였지요.

가슴이 아팠어요. 너무 똑똑한 첫째 딸을 챙기느라 둘째 민정이에게는 소홀할 정도로, 귀하게 기른 첫째 딸 민숙이였어요. 할머니는 강아지를 보다가 한탄처럼 딸의 이름을 부르곤 했어요.

"에휴, 민숙아! 민숙아!"

하도 자주 부르니, 작은 강아지는 그게 자기 이름인 줄 알았나봐요. 강아지는 할머니가 '민숙아!'라고 부르면 꼬리를 흔들며 깡충깡충 뛰어왔어요.

"에휴, 귀여운 녀석. 지금쯤 민숙이가 이렇게 귀여운 손주를 낳았을텐데, 어찌 어미에게 사진 한 장 안 보내주는고. 무심한 녀석."

강아지는 할머니가 슬퍼할 때마다 할머니 얼굴을 할짝할짝 핥았어요. 마치 '할머니! 괜찮아요! 내가 있잖아요! 내가 할머니 마음 다 알아요!'하는 것 같았어요. 그러면 할머니는 강아지 민숙이를 꼭 안았어요.

그래요, 그렇게 첫째 강아지 이름은 민숙이가 되었어요. 그래서 마을 사람들도 강아지 이름이 이상하다고 이야기하지 않아요.

둘째 강아지 이름이 민정이가 된 이유도, 어렵지만 이야기해드릴 께요.

민숙이 한 마리와 할머니, 이렇게 둘이서 살던 어느 해 명절이었어요. 둘째 딸 민정이가 고향에 오는 날이었지요. 할머니는 아침부터 딸을 맞이할 준비에 부산했어요. 그전까지는 둘째 딸이 와도 크게 신경 쓰지 않았어요.

'둘째는 혼자서 알아서 잘 하니까.'

사실은, 첫째 딸에게 온 힘을 쏟느라, 둘째 딸은 제대로 챙기지 못한 것이지만, 할머니는 그렇게 둘째 딸에게 미안한 마음을 속으로 속으로 꽁꽁 감추었어요.

하지만 첫째 딸과 소원해지니, 둘째 딸 민정이가 오는 날이 퍽 기다려졌어요. 드디어 딸이 오는 날, 할머니는 딸을 마중하러 부두까지 나갔어요. 할머니는 섬마을에 살고 있어서, 딸들이 고향에 오려면 배를 타고 와야 했거든요.

할머니는 강아지 민숙이를 안고 마중을 나갔어요.

비가 심하게 오는 날이라, 우산도 들고 갔어요.

"민숙아, 우리 민정이가 온다. 엄마를 보러 오는 거야. 우리 착한 딸. 내가 오늘은 꼭 우산을 챙겨 주어야지."

생각해보니 비오는 날 민숙이의 우산은 자주 챙겼지만, 민정이의 우산을 챙긴 기억은 가물가물하네요. 할머니는 스멀스멀 올라오는 미안함을 '오늘은 우산 들고 가야지'라며 꾹꾹 눌렀어요. 딸에게 예쁜 우산을 들려줄 생각에 할머니는 벌써부터 가슴이 두근거렸어요.

그런데 그날따라 늦도록 배가 오지 않았어요. 할머니는 그래도 같은 자리에 앉아서 계속 기다렸어요.

사람들은 이상스레 떠들썩했어요.

"배가 난파가 되었대요."

"사람을 아예 아무도 못 찾았다던데?"

"아이고, 큰일이네, 큰일이야!"

할머니는 사람들이 웅성거리고 난리를 쳐도 신경 쓰지 않았어요. 둘째 딸이, 뭐든 혼자서 알아서 잘 하던 둘째 딸이, 아니지, 제대로 사랑해주지도 못했던 둘째 딸이 탄 배가 침몰할 리가 없거든요.

"비가 좀 많이 오지만, 이 정도에 딸이 탄 배가 침몰할 리가 없어. 암. 그렇고 말고."

할머니는 혼자서 중얼거리면서 계속 기다렸어요.

밤늦도록 기다리다 쓰러진 할머니를 마을 사람들이 업고 집으로 모셔다 드렸어요.

할머니는 한동안 눈물도 나오지 않았어요. 가슴이 먹먹해서 말도 나오지 않았어요.

가끔은 이장님 댁에 가서 전화 한 통을 써보겠다고 부탁도 해보았어요. 이제라도 작은 딸 민정이에게 전화하면 '엄마? 무슨 일이야?'하고 말할 것 같았거든요. 정말이지, 딸이 대답해주면 더없이 기쁠 것 같았거든요. 하지만 이장님은 슬픈 표정만 짓고 전화를 빌려주지 않았어요.

할머니는 가슴이 답답해서 이런저런 생각을 했어요.

'민정이가 살던 집에 찾아가 볼까? 거기에 혹시 민정이가 있지 않을까?'

그러고보니, 민정이가 서울 어디에서 사는지 동네만 알지, 어떤 집에 사는지 정확한 주소는 모르고 있었어요. 민숙이 집은 알지만, 민정이 집은 모르고 있었어요. 결국, 민정이의 마지막 주소는 바다가 되어 버리나봐요.

‘엄마가 너무 무심했던 거니? 그랬던 거니?’

할머니는 몇날 며칠을 목놓아 울었어요.

할머니는 울다가 울다가 자리에서 일어나서, 작은 섬마을 여기저기를 쏘다녔어요. 정처 없이 걸었어요. 사람들은 걱정스레 할머니에게 말을 건넸지만 할머니는 대답도 하지 않았어요.

둘째 딸이 가을에 이 세상을 떠났는데, 벌써 겨울이 되었어요. 할머니는 계절이 바뀌는 것을 이해할 수 없었어요.

‘내 딸이 없는데, 어떻게 계절이 바뀔 수 있지?’

할머니는 겨우내 걸었어요. 마을 사람들은 할머니를 걱정해서 마실 차도 갖다 주고, 따숩게 계시라고 잔소리도 했지만, 그 어떤 것도 할머니의 슬픔을 달랠 수가 없었어요.

할머니는 가끔 혼자서 중얼거렸어요.

“어디에 있니? 민정아! 엄마 여기에 있다!”

할머니는 바다에도 나가 보았어요.

저 바다 어딘가에 꼭 민정이가 살아 있을 것 같았지만 어디에 있는지 알 길이 없어요. 할머니는 꺼이꺼이 울었어요.

"어디 있니! 민정아! 어디에 있니!"

하지만 누구도 대답하지 않았어요.

바다만, 너무 검고 큰 바다만, 할머니와 함께 통곡했어요.

그렇게 시간이 가고, 아주 짧은 봄이 왔다가 또 갔어요.

봄이 너무 짧아서 할머니는 더 슬펐어요.

"민정아! 왜 그렇게 짧게 살다 갔니. 엄마는 아직 이렇게 살아있는데, 넌 왜 여름에 푸르게 푸르게 우거진 나무가 되지 못하고, 봄꽃처럼 그렇게 떠났니!"

계절이 바뀌어 여름이 되었지만, 할머니는 여전히 섬 여기저기를 쏘다녔어요. 생전 처음 섬이 좁다고 생각했고, 답답하다고 생각했어요.

무슨 정신이었는지도 모르겠어요. 하지만 그 와중에도 강아지 민숙이에게 물을 주고, 밥을 주는 것은 잊지 않았어요. 아무래도 강아지 민숙이가 진짜 자식 같았거든요.

그날도 한참을 돌아다닌 할머니는 퍼뜩, 정신이 들었어요.

'너무 돌아다녔다! 집에 가서 민숙이 밥 줘야겠다!'

그때, 어디선가 작은 아기가 우는 소리가 들렸어요!

할머니는 주변을 찾아 보았어요. 그리고 논두렁에 버려져 있는 작은 강아지를 발견했어요. 이미 물이 잔뜩 고여 있는 논

두렁에, 다리를 다친 강아지가 흙투성이로 낑낑거리고 있었어요.

"아이고, 이게 무슨 일인가? 저 작은 강아지가 어찌 어미도 없이 저렇게 버려져서 울고 있지? 아가야! 네 엄마 어디 있니? 어쩌면 이렇게 어린 것을 아무도 돌봐주지 않는 걸까!"

할머니가 안아주자마자, 강아지는 서럽다는 듯이 소리 높여 울었어요. 그동안 너무나 고단했다는 듯이.

할머니는 그 강아지를 품에 안고 집으로 왔어요. 오는 길에 강아지는 할머니 품에서 곤히 잠이 들었어요.

"아이고, 편하게 자네. 네가 이제 집에 가는 걸 아나 보다. 그래, 네가 그 논두렁에서 나를 기다렸나보다."

강아지는 며칠 아팠어요.

할머니는 작은 강아지를 안고 동물 병원을 오가고, 강아지에게 좋다는 음식을 직접 지어서 하나하나 손으로 먹여 주었어요. 약도 꼬박꼬박 먹이고, 잠을 잘 때에도 할머니 이불 바로 옆에 작고 폭신한 이불을 깔아 강아지를 눕게 했어요. 아침에 일어나면 강아지는 할머니 등에 자기 등을 딱 붙이고 자고 있었지요. 때로는 할머니 베개를 같이 베고 자고 있기도 했고, 때로는 할머니 배 위에 올라가 잠이 들기도 했어요.

강아지는 나날이 눈에 띄게 좋아졌지만, 할머니는 한숨이 깊어졌어요.

"아이고, 민정아! 이 강아지 기르듯 너를 이렇게 곱게 길렀더라면, 너를 정성껏 길렀더라면!"

그렇게 할머니네 집에선 셋이서 오순도순 함께 살게 되었어요.

할머니가 젊었을 때는 오랫동안 혼자서 지냈대요.

그러다가 아주 늦게 결혼을 했고, 더 늦게 두 딸을 낳았어요. 할머니는 넷이서 함께 살아서 행복했어요. 앞으로 영원히 외로울 일도 없다고 생각했어요. 하지만 남편이 배를 타고 나갔다가 배와 함께 바닷 속으로 가라앉고, 혼자서 두 딸을 기르게 되었지요. 그래도 할머니는 셋이라서 다행이라고 생각했어요.

할머니는 그때가 자꾸 생각났어요. 귀여운 강아지 두 마리가 할머니에게 안기니, 아직 어리던 두 딸의 손을 잡고 행복해하던 때가 생각이 났어요.

'그때도 셋이서 살았는데, 지금도 셋이 사는구나.'

생각에 까무룩하게 잠겼을 때 누군가 대문을 두드렸어요. 강아지들이 꼬리를 흔들며 멍멍 짖네요. 누가 찾아오면 할머니는 요즘 유난히 두근거려요.

'민정이인가? 아니지. 그럴 리가 없지.'

할머니는 침착하게 말했어요.

"뉘시유?"

"이쁜 할머니, 집에 있었어? 나야, 나."

박 씨 할머니였어요.

"내 나이가 몇인데 아직도 이쁜 할멈이야? 그만 좀 불러."

"이 씨니까 이쁜 할매지. 뭐하고 있었어?"

"강아지들이 나 반겨서 방에 들어가지도 못하고 있었어."

"새끼들이네, 새끼들이여. 저 퉁명스런 할매가 뭘 그리 좋다고 난리냐, 가엾은 것들아. 사람 보는 눈이 없네."

할머니들의 이야기를 듣다보면, 서로 대화를 하는 것인지, 혼잣말을 하는 것인지 분명치 않을 때가 있어요. 하긴, 둘은 서로의 마음을 잘 아는 사이라 상관은 없지만요.

"강아지들은 내가 마냥 좋은가봐. 하루종일 나만 기다리고, 나만 생각하는 것 같아. 그런데 왜 내 딸들은 나를 찾아오지 않는 걸까. 한 녀석은 어미 곁을 그렇게 빠르게 떠나버리고. 한 녀석은 아예 어미와 연을 끊으려 들지 않나."

할머니는 작은 한숨을 쉬고는 억지로 못마땅한 표정을 지었어요. 슬프고 아픈 마음을 들키고 싶지 않았거든요.

강아지들은 할머니 마음을 어찌 알았는지 와서 얼굴을 핥으며 할머니를 위로했어요.

박 씨 할머니는 강아지 한 마리를 쓰다듬으며 말했어요.

"귀엽기도 하지. 너네들은 그냥 편하게 지내라. 돈도 안 벌어도 되고, 공부 안 해도 되고, 결혼 안 해도 되잖니. 그냥 할머니 사랑만 잔뜩 받으면서 즐겁게 살아라."

강아지들은 박 씨 할머니 품에 안겼어요. 박 씨 할머니 얼굴을 핥으며 작은 꼬리를 살랑살랑 흔들어요. 마치 할머니 말을 다 알아들은 것처럼요.

이 씨 할머니가 그 꼴을 보고 있자니, 어쩐지 박 씨 할머니 말이 다 맞다는 생각이 들어요.

박 씨 할머니가 한 마디 더 덧붙이네요.

"너네는 그냥 엄마 사랑만 받으면서 행복하게 살아라. 엄마는 엄마니까, 너네가 뭘 잘하지 않아도 그냥 너희를 사랑하는 거야. 너네가 있다는 것만으로 엄마는 행복하니까, 엄마는 계속 사랑만 하는 거야."

이 씨 할머니는 이상하게도 눈물이 찔끔 나려고 해요.

그래서 얼른 혼잣말처럼 중얼거려요.

"니 말이 맞다. 강아지들을 사랑하듯이, 자식들도 그렇게 사랑할 것을 그랬어. 아무 것도 바라지 않고, 내 욕심도 부리지 않고 말이지. 그냥 자식들이 자기 인생을 행복하게 살도록

만 응원하고 내 욕심을 강요하지 말았어야 해."

할머니는 작게 한숨을 쉬었어요. 이번에는 어쩐지 체념의 한숨 같아요. 예쁜 할머니가 이렇게 심각한데, 박 씨 할머니는 눈치도 없이 농을 던져요.

"어쭈. 투덜이 이 여사가 어쩐 일이야? 명언을 남겨?"

"시끄럽소. 어휴, 여기에 웬 강아지가 세 마리일세."

"사람이 너무 변하면 오래 못 산다지만 괜찮아. 그 정도면 사람이 너무 갑자기 변해서, 저승 사자도 못 알아 볼 거야. 넌 오래 살거야."

"박 씨는 어쩌냐? 평생 너무 똑같아서 저승사자가 따악 알아 볼텐데?"

"괜찮아. 얼굴 탄 걸 봐. 님도 못 알아봐. 게다가 늙어서 더 못 알아봐, 괜찮아."

"누구세요?"

"누구세요?"

할머니들은 서로 모른 척을 해요. 어릴 때부터 함께 자라면서 가끔 하는 장난이에요.

박 씨 할머니는 웃다가 슬슬 눈치 보는 표정이 되어요. 슬그머니 말을 건네요.

"그 소식 들었어?"

"뭔 소식?"

"지난번에 왜, 배가 난파되었던 적이 있었잖아…. 그때 실종된 사람들 중 몇몇이 발견되었다던데?"

할머니는 이게 무슨 소리인가, 싶어 잠시 멍하다가 갑자기 눈이 번쩍 뜨였어요.

"무슨 소리야?"

"아주 외떨어진 섬에, 여기보다 뭍에서 더 멀리 떨어진 곳에 무인도가 있는데, 아주 바닷길이 험해서 사람들이 잘 가지 않는 섬이래. 거기에 누가 염소나 키우려고 몇 마리 풀어 놓

았었나 봐. 염소 주인이 오랜만에 가보니까, 거기에 사람들이 있더래. 그 사람들이 아마 전에 난파된 배에 탔던 사람들 같다던데 말이야."

"살아 있대? 누군지는 알아?"

"나도 정확히는 몰라. 시신이 발된 건지, 아니면 사람들이 구조가 된 건지, 누가 구조된 건지도 잘 모르겠어. 어휴, 내가 말을 할까말까 하다가 그래도 나한테 듣는 게 제일 낫지 싶어서…."

이 씨 할머니는 자기도 모르게 벌떡 일어났어요.

그 바람에 민정이와 민숙이가 할머니들 품에서 벗어나서 마당으로 뛰어내렸어요.

그런데, 왜 그럴까요? 강아지들이 할딱거리면서 대문으로 가요. 꼭 할머니가 나갔다가 집에 올 때처럼 활짝 웃으면서 말이예요. 할머니는 마루에 있는데, 이상한 일이예요.

할머니는 강아지들을 불렀어요.

"민숙아! 민정아! 멀리 가지 마라!"

"어딜 가니?"

그제서야 할머니는 대문 두드리는 소리가 난다는 것을 깨달았어요. 할머니는 귀가 어두워서, 누가 벨을 눌러도 듣지 못할 때가 많았어요. 이젠 벨이 고장 나도 신경 쓰지 않을 정도였지요 하지만 강아지들이 워낙 크게 짖고 꼬리를 흔들어 대니, 손님이 왔다는 걸 알 수 있었어요.

할머니는 대문을 열어주기 위해 일어났어요.

이장님이나, 아주 가끔 오는 우체부 청년일 게 뻔한데, 이상하게 목소리가 떨리네요.

"뉘시유?"

누구일까요?

가만히 같이 귀 기울여 보실래요?

밖에선 아주 그립던 목소리가 들리거든요.

"엄마! 나 민숙이! 문 좀 열어주세요! 엄마! 엄마가 연락이 안 되어서 민정이 소식이 나에게 왔어! 문 좀 열어 봐!"

할머니는 작은 옹달샘처럼 솟아나는 눈물을 감추느라 대문을 열지도 못하고 그대로 서 있었답니다.